佳佳的妹妹生病了

文 筒井賴子　　圖 林明子　　譯 游珮芸

佳佳和朋友寬寬
一起從幼兒園回來。
她們說好了，
要用布娃娃紅臉兒玩扮家家酒。
可是，早上出門時
還在嬰兒車裡睡覺的紅臉兒，
現在卻不見了。
「又是小鈴的惡作劇。
小鈴、小鈴！
快把我的紅臉兒
還給我！」
佳佳拉開嗓門大喊。

這時ㄕˊ，媽ㄇㄚ媽ㄇㄚ背ㄅㄟ著ㄓㄜ小ㄒㄧㄠˇ鈴ㄌㄧㄥˊ，

從ㄘㄨㄥˊ房ㄈㄤˊ間ㄐㄧㄢ裡ㄌㄧˇ走ㄗㄡˇ了ㄌㄜ出ㄔㄨ來ㄌㄞˊ。

小ㄒㄧㄠˇ鈴ㄌㄧㄥˊ看ㄎㄢˋ起ㄑㄧˇ來ㄌㄞˊ全ㄑㄩㄢˊ身ㄕㄣ軟ㄖㄨㄢˇ趴ㄆㄚ趴ㄆㄚ的ㄉㄜ。

「小ㄒㄧㄠˇ鈴ㄌㄧㄥˊ生ㄕㄥ病ㄅㄧㄥˋ了ㄌㄜ？」

佳ㄐㄧㄚ佳ㄐㄧㄚ問ㄨㄣˋ。

「嗯ㄣ，現ㄒㄧㄢˋ在ㄗㄞˋ我ㄨㄛˇ正ㄓㄥˋ要ㄧㄠˋ

帶ㄉㄞˋ她ㄊㄚ去ㄑㄩˋ醫ㄧ院ㄩㄢˋ。

紅ㄏㄨㄥˊ臉ㄌㄧㄢˇ兒ㄦ還ㄏㄞˊ你ㄋㄧˇ……」

媽ㄇㄚ媽ㄇㄚ把ㄅㄚˇ紅ㄏㄨㄥˊ臉ㄌㄧㄢˇ兒ㄦ

遞ㄉㄧˋ給ㄍㄟˇ佳ㄐㄧㄚ佳ㄐㄧㄚ。

「我ㄨㄛˇ馬ㄇㄚˇ上ㄕㄤˋ就ㄐㄧㄡˋ會ㄏㄨㄟˋ回ㄏㄨㄟˊ來ㄌㄞˊ，

你ㄋㄧˇ們ㄇㄣ兩ㄌㄧㄤˇ個ㄍㄜˋ自ㄗˋ己ㄐㄧˇ玩ㄨㄢˊ吧ㄅㄚ。」

媽ㄇㄚ媽ㄇㄚ背ㄅㄟ著ㄓㄜ小ㄒㄧㄠˇ鈴ㄌㄧㄥˊ

出ㄔㄨ門ㄇㄣˊ去ㄑㄩˋ了ㄌㄜ。

沒過多久，
媽媽一個人回來。
「小鈴要住院了。」
「什麼？住院？」
佳佳忍不住大叫。
「要開刀，是盲腸的手術。」
「手術？要切開肚子嗎？」
「嗯……」

媽媽把小鈴的睡衣、
內衣和大浴巾拿出來，
匆匆忙忙
塞到手提袋裡。
「我已經打電話給爸爸了。
爸爸應該馬上就會趕回來。
你們兩個自己在這裡玩，沒問題吧？」
「嗯，沒問題……」
媽媽又匆匆
出門去了。

突然，天色暗了下來。

爸爸還沒回來。

「我要回家了。」

寬寬說。

「再等一下嘛。

我爸爸就快回來了——」

可是，天色越來越暗。

「我要回家了。

看起來快要下雨了。」

寬寬說完

就走了。

突然，閃電閃了一下。

然後是轟隆轟隆的雷聲。

大雨猛烈的拍打著窗戶。

佳佳躲到床上，

從頭到腳都用毛毯裹著，

她像一隻小烏龜，

縮成一團，緊緊的抱著紅臉兒。

紅臉兒、紅臉兒，

不怕不怕唷。

來，緊緊抓住我，

紅臉兒、紅臉兒，

小鈴她

應該沒事吧……

佳佳的眼前，突然啪的一下，亮了起來。

爸爸開了燈，站在床邊。
「對不起、對不起。
我已經搭特快車了，還是坐了很久才到。
一個人很害怕吧？」

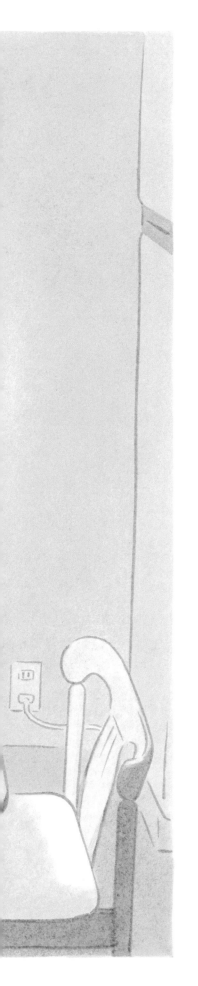

晚餐只有
佳佳和爸爸兩個人吃。

電話鈴響了，
爸爸跑去接。

「喂……怎麼了？
……啊，太好了……這樣啊。」
「是媽媽！媽媽？
我也要聽電話！」
佳佳飛奔到電話機旁。
媽媽的聲音，比平常說話的聲音
更高亢一點，
「佳佳？
小鈴的手術做完了，
已經沒事了。
可是，她今天晚上
要住在醫院裡。明天，
你和爸爸一起來探病吧。」
「嗯……」
佳佳只能輕聲回應，
其他什麼都說不出來。

「去探病，要帶什麼去好呢……？」

佳佳摺了一些摺紙。
有紙鶴、飛鏢和玫瑰花。
她還寫了一封信。
「有什麼東西
會讓小鈴更開心呢？」
佳佳努力想了又想。
「對了！就這個吧！」
佳佳用漂亮的紙張，
包了一個大大的包裹。

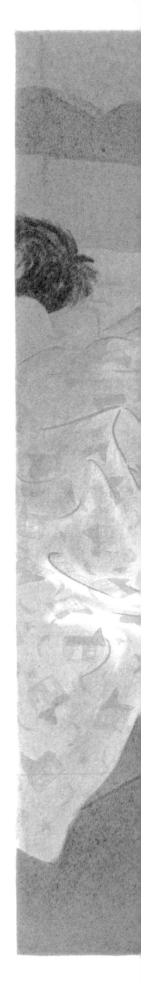

第二天，
佳佳和爸爸
一起去醫院看小鈴。

小鈴躺在病房的床上，
正在吊點滴。
「姐姐來看我了？」
小鈴微笑著說，
她的臉好像變小了一點。

護士阿姨來了，

幫小鈴把點滴拿掉。

「聽說你昨天很勇敢？

我們來醫院看你啦。醫生允許的話，

這就給你吃嘍。」

爸爸在床頭的桌子上

放了幾顆蘋果。

佳佳也把昨天包好的禮物，

拿給小鈴。

「這是你的禮物……」

「哇，姐姐也帶禮物給我啊？」

小鈴很開心，

伸出手來接。

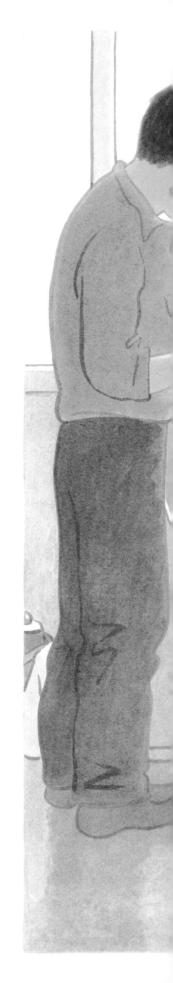

「啊ㄚ、摺ㄓㄜˊ紙ㄓˇ。好ㄏㄠˇ多ㄉㄨㄛ唷ㄧㄡ！
還ㄏㄞˊ有ㄧㄡˇ一ㄧ封ㄈㄥ信ㄒㄧㄣ。這ㄓㄜˋ是ㄕˋ什ㄕㄣˊ麼ㄇㄜ呀ㄧㄚ⋯⋯？」
小ㄒㄧㄠˇ鈴ㄌㄧㄥˊ把ㄅㄚˇ昨ㄗㄨㄛˊ天ㄊㄧㄢ佳ㄐㄧㄚ佳ㄐㄧㄚ包ㄅㄠ好ㄏㄠˇ的ㄉㄜ包ㄅㄠ裹ㄍㄨㄛˇ
慢ㄇㄢˋ慢ㄇㄢˋ拆ㄔㄞ開ㄎㄞ。

「是紅臉兒！

姐姐，你要把紅臉兒送給我？

要給我？真的嗎？」

佳佳用力的點點頭。

「佳佳，才一個晚上，
你就變成
真正的大姐姐了。」
媽媽緊緊的
抱住佳佳的肩膀說。

讓手足成為共享生命歷程的夥伴 　嚴淑女 | 童書作家與插畫家協會臺灣分會會長（SCBWI-Taiwan）

孩子看似平凡的生活中，時時刻刻都在發生精采的事件。因為只要家有兩寶以上，你經常會遇到的事件就是：「媽媽，妹妹搶我的玩具！」「我不要和你玩了！」「我討厭你！」可是，沒多久，你又聽到他們笑成一團，玩得不亦樂乎。這些看似平凡的手足日常，不僅讓孩子成為共享生命歷程的夥伴，也能發展一生受用的能力。

因為 3 至 6 歲的孩子需要搭建五大基礎能力支柱，包含鍛鍊體能、學習和別人相處的技巧、培養責任感、建立良好的自我概念和手足關係的經營。而這些能力都可以透過與手足的相處來培養。根據研究顯示，家中有手足的孩子，他們在語言表達、控制情緒、解決衝突和人際關係上，都比獨生子女更好。

雖然處理手足競爭或爭吵令人苦惱，但當孩子有了手足的陪伴，不僅會讓他們學習控制情緒，學會解決衝突的方法，提高社交智商，也從學會分享中，了解家人愛的力量，這是難能可貴的禮物。因為「愛」所以「分享」。可以透過繪本，用孩子「聽得懂的故事」、「看得懂的圖畫」，讓他們體會這種美好的手足情感。

《佳佳的妹妹生病了》故事中的佳佳一回到家，發現心愛的洋娃娃不見了，她知道一定是被妹妹拿去玩了。她正要生氣時，看到媽媽正背著生病的妹妹要到醫院。佳佳聽到妹妹需要住院治療，心情也從生氣慢慢轉變成體諒和關懷，後來甚至願意把心愛的洋娃娃分享給入院中的妹妹。

小小孩的心事，需要體貼和觀照才能真正了解。作家筒井賴子擅長捕捉幼兒成長與生活中的各種心情，就像這本書中描繪手足間既有小小爭吵、卻又相互友愛的情節。而書中媽媽摟著佳佳說：「才一個晚上，佳佳就變成真正的大姐姐了。」用愛記錄孩子忽然長大的瞬間，在濃濃親情中學會接納與分享。

畫家林明子擅長把簡單的內容和日常小事，用細膩的筆觸把幼兒看世界的視線高度描繪出來，讓每個幼兒如此真實、靈動，才能讓小讀者可以站在主角的角度來體會她的情緒感受。

例如畫家細膩描繪佳佳擔心的眼神和緊張的肢體動作，讓讀者跟著揪心，一直到醫院看到妹妹平安才鬆了一口氣。看到妹妹收到洋娃娃時自然流露的快樂神情，心也被牽動著。被媽媽稱讚時，佳佳有點害羞又很有成就感的肢體與表情，讓看書的大人和小孩產生強烈的共鳴，因為那是家人之間濃烈的愛之下才有的獨特瞬間。

林明子筆下的孩子總是真情流露，神態清新可愛，感謝她用溫潤的圖像捕捉家人之間動人的日常，溫柔記錄孩子的成長歲月，也讓我們深入角色的內心，體會孩子唯有在家人愛的羽翼下，才能有安心長大的自信，同時也召回每個人對童年幸福時光的記憶。

透過這本文圖合奏無間的生活小故事，讓我們深深體會與手足共同經歷的生命歷程，都是獨一無二的珍貴故事。將來的某一天，孩子會發現在重要的時刻，親愛的手足將成為照亮生命中的那一盞燈。

作者　筒井賴子

1945 年日本東京都出生。著有童話《久志的村子》與《郁子的小鎮》，繪本著作包括《第一次出門買東西》、《佳佳的妹妹不見了》、《佳佳的妹妹生病了》、《誰在敲門啊》、《去撿流星》、《出門之前》、《帶我去嘛！》等。

繪者　林明子

1945 年日本東京都出生。橫濱國立大學教育學部美術系畢業。第一本創作的繪本為《紙飛機》。除了與筒井賴子合作的繪本之外，還有《今天是什麼日子？》、《最喜歡洗澡》、《葉子小屋》、《麵包遊戲》、《可以從 1 數到 10 的小羊》等作品。自寫自畫的繪本包括《神奇畫具箱》、《小根和小秋》、《鞋子去散步》幼幼套書四本、《聖誕節禮物書》套書三本與《出來了 出來了》，幼年童話作品有《第一次露營》，插畫作品包括《魔女宅急便》與《七色山的祕密》。

譯者　游珮芸

寫童詩也愛朗讀詩。常早起到海邊、湖邊看日出、散步，也喜歡畫畫、攝影。覺得世界上最美的是變化多端的朝霞和雲彩。臺大外文系畢業、日本御茶水女子大學人文科學博士，任教於臺東大學兒童文學研究所，致力於兒童文學／文化的研究與教學，並從事兒童文學相關的策展、出版企畫、創作、翻譯與評論。

國家圖書館出版品預行編目 (CIP) 資料

佳佳的妹妹生病了 / 筒井賴子文；林明子圖；游珮芸譯.
-- 第一版. -- 臺北市：親子天下股份有限公司, 2023. 06
36面；19×26公分
ISBN 978-626-305-473-8 (精裝)

1.SHTB: 圖畫故事書 --3-6歲幼兒讀物

861.599   112005194

ASAE AND HER LITTLE SISTER AT HOSPITAL

Text by Yoriko Tsutsui © Yoriko Tsutsui 1983

Illustrations by Akiko Hayashi © Akiko Hayashi 1983

Originally published by Fukuinkan Shoten Publishers, Inc., Tokyo, Japan, in 1983

under the title of "いもうとのにゅういん"

The Complex Chinese rights arranged with Fukuinkan Shoten Publishers, Inc., Tokyo

All rights reserved

繪本 0325

佳佳的妹妹生病了

作者｜筒井賴子　繪者｜林明子　譯者｜游珮芸

責任編輯｜蔡忠琦　美術設計｜林子晴　行銷企劃｜翁郁涵、張家綺
天下雜誌群創辦人｜殷允芃　董事長兼執行長｜何琦瑜
媒體暨產品事業群
總經理｜游玉雪　副總經理｜林彥傑　總編輯｜林欣靜
行銷總監｜林育菁　副總監｜蔡忠琦　版權主任｜何晨瑋、黃微真
出版者｜親子天下股份有限公司　地址｜台北市 104 建國北路一段 96 號 4 樓
電話｜（02）2509-2800　傳真｜（02）2509-2462　網址｜www.parenting.com.tw
讀者服務專線｜（02）2662-0332　週一～週五：09:00~17:30
傳真｜（02）2662-6048　客服信箱｜parenting@cw.com.tw
法律顧問｜台英國際商務法律事務所・羅明通律師
製版印刷｜中原造像股份有限公司
總經銷｜大和圖書有限公司　電話：（02）8990-2588

出版日期｜2023 年 6 月第一版第一次印行
2024 年 3 月第一版第三次印行
定價｜380 元　書號｜BKKP0325P　ISBN｜978-626-305-473-8（精裝）

——————————————————— 訂購服務
親子天下 Shopping｜shopping.parenting.com.tw
海外・大量訂購｜parenting@cw.com.tw
書香花園｜台北市建國北路二段 6 巷 11 號　電話（02）2506-1635
劃撥帳號｜50331356　親子天下股份有限公司

立即購買 >